安濃津

私選 片言集

竹内 均

講談社エディトリアル

はじめに

朝は爽やかに過ごした。夕は少し疲れているが心地よい。今日も一日が終わった。明日の朝は、夕べは、どうであろうか。

浜辺にてひとり波の音を聞く。荒波を好む人間もいる。静かな波を好む人間もいる。また、社会では事を好む人間もいれば、穏やかな毎日を好む人間もいる。人間には好みがある。また、心が穏やかな時、荒んでいる時、その時に人間の好みは変わる。

今を生きている私たちは激変の真っただ中にいる。ＡＩの台頭、科学技術の進歩、グローバル化、少子高齢化、自然破壊、地球温暖化、他国との軋轢等、人間、文化、伝統、自然とゆっくり語り合うことも繋がることもままならない。「侘び」の生活はもとより、芭蕉が俳諧に求めた美的理念でもある「さび」「しおり」「軽み」「細み」は既に過去のものとなってしまったのであろうか。季語の幾つかは死語となり、季節感が喪失してしまった感がある。そうでなくとも歳時記との季節のずれを感じないわけにいかない。「不易流行」の流行のみが求められる世である。毎日の生活に追われ、ゆとりもなく、一方、今を楽しく生きようとしているだけの人達は何を求めているのであろうか。

そのような時代にあって、ここでは「ただごと」「俗」「平明」を意識した言葉を綴り、気ままに綴った言葉の流ればかりを記載する。目の前に映った原風景・こころをよぎった心象をただ言葉にしただけ、言葉の綴り、そして言葉の欠片。しかし、その言葉そのものは真実の一片である。

到底、私には情趣豊かに、繊細に、的確に、また魅力的に切り取った空間の一瞬を文字にすることはできない。造化の妙を的確に言い表すことはできない。その専門の方から見れば月並みかもしれぬ。せめて、少しでも孕んだ空間と歪んだ時間を感覚でとらえた言葉として表現していきたい。
俳句・川柳・自由律詩のかたち、また、現代詩のかたちをとっているが、文学性や文学の匂いを求めたものではない。所詮、師をもたない私の気ままな言葉である。結果として一人の人間があくまでも真実を求めようとした身勝手な片言である。

平成三十一年　四月八日

目次

現代詩のように

思いのままに

安濃津

私選　片言集

装幀／next door design

「今の私より」俳のように

「今」といっても、ここ数年のことである。私の現実における環境としては、父の死、弟の死があった。しかし、考え方や心が、常識と思っているところから逸することはなかった。あるがままの自分である。これが私の「今」の限界かも知れない。

平成二十八年一月二十一日〜

外は夕暮れ　裸電球のもと　箸一膳

いのちの　朝に夕べに　すがすがし

朝日さすこのうえもない秋となり

すすきの穂ここにこうして踊りくる

鋭く壁の染み照らす三日月

クレーンの先っぽ三日月引っ掛かり

ぽっかりとほんによい月　手酌酒

ほんにまあまんまる月の影さやか

むねにかすかにゆれる　すすきやらおもかげやら

まだ雨がやまないもう夕暮れ

さざなみのきこえる　軽い憂鬱

老婆がひょこひょこゆるり時間がゆく

蚯蚓に蟻の騒ぎおる

真っ昼間　蝮　がさごそ　生きておる

何もしない床に伏しての大欠伸

本にふけり朝の人となる

夢の行ったり来たり朝に夕べに

秋の夕暮れ　鴉一声して　残していった静寂

手のなかの落ち葉表がある裏がある

幼子が逃げぬように虫の入った瓶の蓋をぎゅっと締める

東を朝に西を夕べになにかがうまれる

静寂を重ねゆく　落ち葉　落ち葉

朝にひとつの夕べにひとつの言葉のかきかえ

縁のない仏様に掌を合わせてみる

蛙も居眠りするぬくい土となった

寒夜に寄り添う金魚　鰓呼吸を忘れ

人の影のなかにふわっと散る　蛍　蛍

ちっちゃな手の中で崩れるあやとり

雑草のなかですこしだけ菫

今日から着ることのない　ぽつりと　制服

夢のはかなさアスファルトの陽炎の儚さ

赤子を瞳に母親の顔厳しく

爆竹を蛙に挿した子どもの静かな笑み

客人が来るというので　打ち水さやか

夏祭り夜どおし　ただの傍観者

寂しさに鴉の一声闇の向こうにある

夕焼けのベンチにひとりぽつりと長い影

断崖が口を空けている　空が口を空けようとしている

寺の鐘闇にとけては花を咲かす

秋風に空き缶ころころ叢に
ああ　なんとかならんか　いのち
ちょっといっぷく土手の土がぬくい
ますます　呆けて　しあわせ

一輪挿しのひとつの菊も萎れる

久しく見ぬ我が家の庭で蒲公英いっぱい

桜　ちるちる　どこにでもむしょうに　ちるちる

晩夏にいきどころない蝉一匹

捨ててあるタモアミと空っぽのひかりをなくした虫籠と
おまじない小さな指が空を舞って何をよぶのか
夕焼け雲帰りましょうと言われたが
春爛漫しっぺ返しの笑い声

運命　一瞬の二分の一のであい

ふっと出てはまことの言葉ふっと消えゆく

霧の山　静寂の谺

墓石を一心不乱になって磨く　タワシ

昔ばかりが偲ばれる残雪の汚れ
どこまでもいく山道のみえる空わずか
ならば嬉しい箸二膳
しなやかに池の満月やぶる鯉

病み伏して小さな窓からちいさな月明かり

千万にやっとひとつの寄り添う言葉

手酌酒　しっとり夜桜つくづく夜桜

夕日射し蜘蛛の巣もあり座敷童がいるようで

飛行機雲が切り裂く空の満月

花盛りいったん終止符

終止符のよう椿落ちる穏やかな日に

日向ぼっこ　体の中まで満足している

炎天下こんもり森の記念碑静か

神宮に時と空間　まっすぐとまる

何しとる我問う二つの鏡の眼と背後の電球

ライトアップ天の闇突く竹のさやけさ

暮れてひとりあくびの春の月

烏かあかあ秋の風に消える

ちょっといて　もう夕闇や桜散る

ランドセル　傷あまた　夢ありのまま

夕焼けや手をつなぐ影のしろい影

机より落ちてゆらゆら起き上がりこぼし

平成二十八年十一月十二日〜

今一度　秋嵐の中　立ってみよう

葦にとんぼとまる静けさ

鏡の顔　今日もすんだ　と　言い

こっちもあっちも一緒　何もすることがない

清流や流れていかない過去が漂う

今日また夕餉にミョウガ噛む

夕べ　闇もつ枯れた宿り木

眠れない印刷された紙の天井
枯れた宿り木　闇もって夕べ
星を見て風に吹かれて猫がいて

平成二十九年六月十二日〜

今　これが現実　ぽっかりと　雲がある

とんぼとまるやベランダの手すりの夕焼け

網張る蜘蛛の獲物まつ静けさ

ま新しき卒塔婆立て往く老婆ゆっくり
雑踏のなかのひとりとしている
しかし疲れたひとりにしてひっそり
夢を見たおかしな夢　現実

「ここにきんしゃい」月夜のなかのなつかしい声

桜散る　風がある　笑う顔がある

笑顔笑い声こんなに悲しいものはない

涸れた水たまりにまだ濡れたままの落ち葉

思いっきり蹴ったつもりの石ころころ

草芽吹く　どこかでひとり死んで

結局はまだ生き続けている梅の花

老婆に幼き我を見る沈丁花咲いている

この一時　とりかえしつかず落ち葉ちる

春風がぶらんこ揺らすそれだけのこと

炎天下木陰の影の重さかな

やっぱりさみしい雑踏のたんぽぽ

アスファルトに水たまり雲映すすがすがしくも

暮れるふるさと　旅はあしたに

立って歩いて坐れば今日も一日

空瓶へ山からもろうた百合一輪

夕暮れに昨日も今日も竹の藪

まつぼっくり蹴って遊ぶひとりぼち

墓洗う汗受け止めよ　曼珠沙華

小雨降る何もすることのない茶の花

ともされた蝋燭にゆがんだ父のすがた

絮蒲公英の風まかせのあやうさ

安濃津にて海穏やかにして桜貝

ひとりして命をたっての盂蘭盆

追われてゆきどころのない春霞に一歩

鳥が騒ぐ　私がおる

道を惑うことのない蟻の行列

からから枯れ葉からっ風町を縫う

なにを思うこともないかってに月影

名誉　好きだから薔薇をかう

置かれたまま推理小説絮蒲公英

蜻蛉来てとまるか骨に皺ばかりの指

向こうにおってもこうやって一日中　おる

寝床にて胸に置く開いた本の重さ

ふるさともすっかり変わって朝焼け

四つ辻に来てお地蔵さん　道をもどることにする

炎天の蝶の影すずしくも

大杉の影に紛れた我が影を探す

花散る　見られていても見られていなくても

独りよがりそっぽむくネジバナ

ここにきて思うことなし山桜

聖も俗もいっしょくたにして女身

夕闇　階段が口開いてまっている

曼珠沙華　町の境　どこにある

闇吸って咲いたドクダミ

夜桜よ　今生きている　花散っている

殺される生まれた牛のむじゃき

桜散る　語り部はもういない

腕時計遅れてチッチッと咲く朝顔

風うける頑固な大工の法被かな

今にして命おしむか花盛り

背伸びしても薄っぽ　ただの薄っぽ

歩き続けている　ちょっと寄り道もよかろうに

落ち武者や堕ちどきを忘れ桃の花

笛太鼓　雑踏があって祭りとなる

彼岸花さきに闇を纏いけり

白壁にヤモリのちょろりと炎天下

ともに数十年ふとあちらに月下美人

落花炎天どこかでなにかが死んだ

鏡の我はいつも歪んでいる

傀儡師の指先妖し春の宵

命つきる時その時の赤い花

信じることの幸せ　めいっぱい白い雲

朧月夜われに怯えるわれの影

ひっくるめても何もない一日

現世にうつつの枯れ花ふたつ

なつかしい温めの湯　まあるくなる

澄み切ったわき水のそばかすかに菫

夢うつつ何もないところへこれから

千年杉切られてこっぱの栞の蝶

線香　なつかしさを振り返る　今

ふるさとに来た　知った顔はない　秋風

ふっとそこに思い出のかけら

百舌鳥鳴くや　祭りのまっ最中

じっと見ている　筍のびるのびる

仏間に居据わった片隅の古雛の薄笑い

よりはっきりと夢を見るようになった

貨車過ぎて炎天　ふといる笑い声

縊死につごうのよい枝振りがたくさん

山毛欅のぶらさがるにほんによい枝振り

銀杏落ちる幾つの縊死者がいることか

ずっと誰も坐らない椅子　そこに坐る

緑陰や水面に蝶の羽一片

茜の鴉　なにもせん　とまっておる

骸あって狐火の闇にとけ

おぼろにかすむ思いつき

あかね雲なにを思うか　時雨

はんげしょう妬みを隠すうすわらい

寄席にいて無表情の女に眉がない

さて旅に出るか十二頁

鴉が見ている　鳴いている　何かがくる

くさぐさの草それぞれがまんなか

夢にみるわれはいつも箱のなか
夢も靄か
けん玉の紐たわわに流れおる
深山はるかかすむ向こうになにかある

病んでいて天井を見てしゃべりません

病んでいて天井ばかり見るばかり

蟻踏んで人知らずして笑い声

柘榴なり老女になりても童女なり

梅雨に入り下駄片方なくして今日

長箸に挟まれた我が喉仏

雪の夜に声追い掛ける赤子

商店にぶら下がる肉　だれの贄

干涸らびた蜜柑生き方これもよい

躓いて又躓いて吾の影のあるく

ちぎれ雲ちっぽけなひとつのこころ

それまでのことそれがどうした涼風

濁って澄んで濁って最期はどっち

障子裂け　かの世の見える真っ白け

都会では不規則な空ばかり

庭の片隅竹はえてなおもの足らず

寝たきりで聞く足音のちかくちかくに

眠ってまた眠って夢見ている自覚

野茨咲いてぎょうさんの花野茨散ってぎょうさんの葉

かたりことり音といっしょに影がきた

いちばん星泣いて笑って忘れゆく
ゆめのなかのかすみにまよう
こころの平安にうすわらい
吾子生まれ吾子まだ泣かない

生を食らった息のとどまるここ

蜃気楼確かにみた　かもしれぬ

桜咲く病院の隣墓地がある

いつもいつも仏の座ふえている

わたしがそっぽむく
店に並んだ有精卵　親を知らず
桜咲き菜の花咲き桜散る
蜜蜂がくる　レンゲの花がひらいた

鷗の横に、梟の前に、私の後ろにある怒涛

春霞どの山にも違った顔がいる

群生から片栗の花ひっそり

可憐な少女ステーキを前にほほえむ

ヒヤシンスひらこうとしているから憂鬱

白菊の闇に浮かぶほのかな輪郭

ぬっくりと敷居のうえのわたぼこり

交差点すれ違ったわたしはどこにいる

かざらない裸木が　すき

まよった鳥　鷗といっしょ

これからというとき老婆のこえがする

笑顔で歩くみんないい人

空に憧れたかつて燕だった

影法師日ごとに忘れる忘れられる

蛙がわらった私がいるから

大きいのやら小さいのやらどっちも猫

何かあるなんてことない最上階

炎天に恨みが爆発　む

時雨時扉がひらいてなにもこない

樹に引っかかり二日目の風船の縊死

竹やぶにかげをなくしてあゆみゆく

合歓の木に風が吹く私がふく

鉤にぶらさがった肉に桜の香

風がきく　あなたはいつ死にますか　と

雑踏の雑草の風私だけに吹く

いまここにいることが不思議アヤメ草

午後八時落ち葉踏みしめる実感

花束のセロハン反射する十字星

やましさに振りかえる癖浮き草

ちいさなかげの姉妹「あっ」「あっ」ほたる

朝顔に閃き一瞬に忘れ

指二本瓶詰にしてしずか

みい　いると　盲となる　彼岸花

どの世から近く遠くの夢のくる

バネもまたハネてこれより遠ざかりゆく

左前右前後ろに紙芝居

をしらないか、おぼろけに

波立って口笛霧笛ははるかむかし

裏切りを気づかぬふりの立葵

我がいるところちょっとでいい誰か教えてくれないか

月見草　どうしたの　と　きかれても

酔芙蓉　酔ってか　ふりか　我が足どり

姥捨山にあやかしも涙するか

あなたはわらっていても私は毒蛾

ひかりはあるのか　もう　みえない

使えばもののけ宿り木にして満月

漬物のよしあしきめる舌何枚

きょうもいつもといっしょのさんぽみちに風

日食の日に生まれたわたしだもの

かぜかおる　溜息の癖もうやめようか

木漏れ日に影が揺らめくまだ生きて

縄文杉まだかまだかと黄泉の風

波しずかあるがままの海ほたる

本をおとした　空にすいこまれていった

そうなんだ私の隣になにかいる

つぎつぎに懐かしい顔だけの夢をみる

鶏頭の赤がみえない蝶とわたし

満月にてらされ　うつる黒い穴

竹の子闇をうちにもって迷わず

真っ暗ではない　うす闇に檸檬が浮かぶ

お子様ランチ　顔食う幼子の純真

春日向座敷に蛇の影のある

簾すがすがしくここをへだてて

昨日　ここにこの白い四角い箱あったかしら

幼子の歓喜おいかける雛のこえ

あの世みてきた足だけがすがすがし

交差点同じ顔ばかりのものとあう

黒と白　しょうしょう赤もまじって死後の景

熊野路にすれ違うもの毛がぼうぼう

老女と幼女その横に懐かしいレコード盤

さびしいね　そうね　と　声　の　白昼夢

おぼろ月　歯の白き鋭き　猫の恋

記憶の沼深淵にして混沌が見える

ペットボトル呷る天に秋茜

二時間に一本のバス待つ薊原

電線のあいまにあって朧月

霧にけむり水をはく滝

花盛りすぎて葉のざわめき

夕日さし闇せまりくる波に海月

渡し舟なくなり朧月なにか事情

額に左指一本念じて月

いつものようレンゲ咲くだけ嫌いな道

しばらく　見なくなった　見なければ　空

ランドセル手いっぱいのさようなら

水鳥を描いたあとに廊下にあしあと

線香花火その気もなくて猫の恋

蔦の間の窓の女の薄化粧

蛾を正面に右手でうとうとし蛾が左

しずかにしてあるがままの雑草

借家に居るふたりがひとりになって菊一輪

ならぶ墓のかげちいさく炎天

影よる蛍

「過去の私より」俳のように

その時、感じていたであろうことが断片的に残っていた。思いのままの言葉であり、言葉の欠片ではあるが、その時の言葉もまた真実であろう。振り返って、今の私にはその感覚で捉えることができないものもあるが、変わっていない感覚もある。また、「今」とはいくらか異なる気もする。ここにそれを記載する。

平成九年一月〜

魂祭り　物化　祖母の背　みつけたり

天高しずんずんといく田圃道

若水や皺を数える歳となり

秋日和湖面を泳ぐ飛行機雲

彷徨の途中ちらりと曼珠沙華

草臥れて　転んで影を　抱き竦め

せめて夢だけれども夢身にやどし

板に付きし作り笑いを御覧あれ

ひとりぼっち　せめて熱燗ぐいと呷り

鍋に湯気山姥になって魚割く

御仏も見返る紅葉古都にあり

ビルの上夜と添い寝の天の河

蝶ひとつビルの合間を吹かれゆき

夕月夜肉体の影を引き摺りて

野分立ち陰に凭れる竹の藪

骨軋むかのようにみえ竹撓む

風薫る肋骨広げて吸うひかり

思いきり手を伸ばすゆびさき天にまぎれる

気怠さをベンチに掛けさせ影は凭れ

心臓を鷲摑みにする曼珠沙華

重い頭すっくと背伸びのつくしんぼ

草臥れて靄に意志の迷い込み

電線の影に我が影引っ掛かり

患うて胎児の記憶よみがえる

蚊帳を張るように神経臓腑を覆う

雪女気管の奥よりエロス吐き

大人となって頭にお面の村祭り

旱魃に案山子後ろに項垂れ逆さの山

浴衣掛け電灯ひとつ消してみる

万歳に竦んだ影の数あまた

涼しさを紅裳の裾に見付けたり

夕立やアスファルト打ち日向の香

果てのない夢に縛られた頃もあった

病床の老婆の耳にも秋祭り

無鉄砲に走って転んで菫の花

蹴躓きあたり見てふと苦笑い

三錠の薬　藤　反ってぐっと飲む

空っ風雑踏のわが居場所に野良犬

蟋蟀の髭を揺らせて風あちこち

独り暮らし心に積もる雪の静けさ

掌に届く雪の重さかな

黄昏を背中にしょいて吊り橋渡る

転んだ私に蟻はそっぽ向く

病んで今日も白い天井の模様をみる

桜咲いたいっぱい咲いたそして散るちる

お日様に大きなあくびのチューリップ

星だけの夜に蜘蛛の巣が顔を掴んだ

ひとり　影にでも話そうか

夜に爪切る　おっかあに叱られた

波に波被さる浜についばむ千鳥

夕焼けを鷲摑みにする夜の気配

蟻潰す　知ってか知らずか　歩く足

鍋で　浅蜊　口開けて死んだ　口閉じて死んでいた

蟻も　影踏んで　歩いて　あっち　こっち

青空に空いた穴だ　満月

馬は草食む　食われる牛と目がおうた

蓑虫のように憂鬱ぶらさがったまま

保菌者を隔てて障子の児らの影

へたばった肉体　飄飄とした影

静けさに耐えかねてくしゃみひとつ

まっすぐな道のいさぎよさ

ポキと　私の骨です　枯れ小枝おる

朝蜘蛛を逃がしてやった　きっといい日だ

水鏡天高くゆがんだ顔

いつもの場所にひょいと出た月だ

煙突の煙の向こうになき児のおる

ホルマリン漬けられた蛇と目がおうた

宵闇に影引き摺っておる寂しいぞ

はんなりと今日も一日くれてゆく

布団被り耳塞いでもなき児の声

迷い込んだ谷の夜はやっぱり真っ暗だ

今ここに確かに笑った月下美人

蝶がゆくふんわりとゆく影を置いてゆく

今日もまた生きるには生きて一杯の水

平成十年一月〜

天上を指す竹ついについいえり

化石にもノスタルジアの跡のあり

転んだ　涙した　でも箸をもっている

十九時足音急ぐさきに灯り

身の影を樹齢千年の影におく

川向こう日傘の下から足がはえている

麦藁帽　影ふみでもして　遊ぼうか

平成十年十一月〜

道のすみ菊新しき古き地蔵

帰り道ぶらんこゆれるを振り返り

アスファルト庭から飛び出た青蛙

獣道蟻もそっぽむくズック靴

煮っころがし湯気のむこうに割烹着

清水掬い揺れる月影ぐいとのみほす

気のままにここまで生きてこられて　白髪

風の読むベンチの本の頁ひらり

上天気落ち葉一つの騒めき

手に掬う清水の顔を飲んでおる

平成十一年十二月〜

老いし眼で御輿の賑わい傍観す

枯れ葉掃く「ようお参り」の声のぬくもり

天と地のあやうさにおり綱渡り

イデオロギーの呪縛に蔦葛

わかれ道にどうするのだと頭掻く

八合目　ここまできたか　足二本

たまたまに見掛けた人にあの人の面影

日向ぼっこあれもこれもうたたねのなか

十薬を煎じる姿に月あかり

平成十二年十二月〜

合い鍵に淡いおもいの薄びかり

如の字に過去ばかり又当て嵌まり

焼き栗の爆ぜる思いのこいごころ

蝉去って白亜にときの置き土産

おもいよと夢つめこんだランドセル

蓑虫の遠くに見ている通学路

平成十四年十月十一日〜

稚児の手に三日月揺れる水鏡

川面打つ飛礫のむこう暮れの秋

清流のどまんなかに古木おり

平成十五年一月十七日～

ただ一心に天をめざすか　竹まっすぐ

影おってゆるりと暮れて家あかり

西にまだむかうか古き風見鶏

火の中で生まれた炭の重さかな

雑踏の　なか「ひとりも　たのし」と　呟き　おり

これも　また　よし　と　するさ　と　天あおぐ

平成十五年三月十日〜

「あっ、あれ」と指す指はるか流れ星

地図片手　人の笑顔のありがたさ

影ふいに大きくなりて羽音する

まっすぐに　ただ　まっすぐに　牛蒡引く

夕暮れの中で蹴った石ころのいきどころ

現代詩のように

過去にいた私が、現代詩を真似て作った詩もいくつか残っていた。また、今の私が新たにいくつか付け足した。それをここに記しておきたい。やはり、これらも気ままな言葉であり、言葉の欠片ではあるが、その時の思いを述べたものであり、また、これも真実である。

思心綾織り

一棹　人形

背まで伸びた墨の髪
ほんのりと頬を染め
じっと
みつめている
紅の着物をつけ
藤色の帯
そよ風に
ふわりと
倒れる

からからと
なかみのない音

二枠　紙飛行機

赤い折り紙で
紙飛行機をおってみた
それを部屋の内で飛ばせてみた
壁に当たってすぐおちた
こんどは　窓から外に
がむしゃらに投げてみた
風に舞ってよく飛んだ
そして　そのまま見えなくなった
見えなくなった方をいつまでも見ていた
そこには　大きな太陽だけが残っていた

気がつくと手が真っ赤に染まっていた

三枠　なみだ

時ならぬ雪
舞姫の乱舞
空の悲哀に
指がこころを手繰り
時が快楽を求める
圧されたこころは
行き場を失い
戦慄かせる
肉体は嘔吐を訴え
凍て付いた頬を
なみだがとかす

四桛　瑞穂と

酒さえも癒やしてはくれず
黒い太陽のうつした陰の醜さを引き摺り
ひとりぼっち

紫煙の向こうにあったのは
瑞穂と呼ばれる一人の娘
優しい頬に黒い髪

男が言った
「歪んだ時間を桛糸とするか」
女は答えた
「孕んだ空間を紡ぎます」

五柞　たんぽぽ

たんぽぽの
ほのかなるおもい
かすかに
かぜに身をまかせ
ただよい
よいしれる

客愁　嵯峨野

青臭い竹と空しさと
目映い木洩れ日に
独り法師の男の影と
アスファルトを突き破る
竹の根と

時雨が肩を濡らしていた
気怠そうに竹の小径を行く男の
そして
男のそ知らぬ顔を竹が蒼白く染めていた
竹はしっぽりと男を包み込み　騒めいた

葉っぱは互いに愛撫を繰り返し
雫を落とした
男は歩いていた
過去を肩の辺りにちょんと据わらせ
何食わぬ顔を装って

ふと　男の足を留めさせた
耀かしい艶を放った木洩れ日が
方方を照らしだした
男は呟いた
何時か　見たような

足下のアスファルトは破れていた
爛れた
地面の奥のその奥の

竹の根が
ぎらぎらした貪欲な姿を
でしゃばらせ　でしゃばらせ

竹のトンネルは続いている

降臨　桑名の地に

白魚が翻った
あちらこちらで
天の蚕の
繭から垂れ下がった
幾重もの糸の中で
白魚の悦びようといったら
それはもう

心地好い気怠さに
身体をくねらせ

群れをなして
桑名の地に
降りそそいだ

新生

封じ込まれた空気に
時計さえもたじろいだ。
それは一瞬のことであった。
ほんぎゃあ
と、血の匂いのする
耳を劈く声が、
長い廊下を引き裂いた。

蹲っていた男がふいに
身体を起こした。
長椅子には

指の跡がくっきり残っていた。
白いロビーに
はしゃぐ子供の姿があった。

葦のある風景

葦が騒つき　子供達が躍り出た
ちっちゃな手に手にたもを持ち
各駅停車の電車のように
駈けてみては　立ち止まり
恐恐　川を覗き込む

ひとりの子供がたもを潰け
揚げれば水の滴りだけに
ちぇっ　と舌打ちしてみれば
たもを睨む子供達
おのおの顔を見合わせて

ちぇっ　ちぇっ　ちぇっ　と
奮い立つ

過ぎ去った
子供達の方には
うす紫の
儚い　可憐な
麦藁帽子

宿なし犬

灼熱の真っ青に樹木の影の
真っ昼間の寂しいベンチに
腹這い、
痩せさらばえた宿なし犬の鼻が
かさかさに白茶けている。
尻尾は遠い昔に振ることなぞ忘れてしまった。
寄り添う蠅を哀しい上目遣いで追っては
また、眠る。

時折、緑陰が見せるのは
季節外れの蜃気楼と相場は決まっている。

宿なし犬の顔は安らかに
ほくほくなる夢を見ているか。
腹一杯の餌に主人の手に上等な鞣革の首輪に

痩せ犬の鼻っ面を
蟻がぞろぞろと忙しく乾涸びた
蚯蚓を曳いていく。

鶏

あどけない眼をくるくるさせ
滑稽にひょこひょこと鶏は歩く。
玉砂利を蹴散らして
我が物顔で伸し歩く。
飛ぶことも忘れてしまったくせに
いやに偉がる鶏冠を頂いて
胸を張っては歩く、歩く。

鶏は何を見付けたか。
一旦、きょとんと立ち止まり
口でちょちょいと砂利を分け

啄み、ひょこひょこ行っちまった。

八町通り

ここは曾て栄えたこともあったそうな、
その昔、商人達の往来で賑わったようで
今に遺していてそうで、
狭い通りに寄り添っている
酒屋やら米屋やら八百屋やら
ふるいしきたり守っては
鰻の寝床の佇まい
それから、呼吸のような目立ての音と
建具の狂いを睨む目と
家業に精を出す人もまた
わしの代で終わりか

と、嘆く口癖を挨拶に
かの偉大な士清の旧宅見れば
偲ぶ心が亡き親を思わせて
黄昏、
電信柱が寂しそうに
一列に立ち並ぶ。

三輪車に女の顔

土手に三輪車がもう幾日も
捨てられたままになっている。
鍍金が剥げて、
ありのままの本性を剥き出しにして、
サドルの皮が罅割れて、
哀れな女の素顔があって、
無惨な姿で倒れている。
子供がおもちゃに直ぐ飽きて、
可愛がっている縫いぐるみの
首をいとも簡単に
薄笑いを浮かべては、

捩じ取るように
捨てられた残骸に
女の顔が見えていて、
その顔が途轍もなく哀しそうで、
わたしをかなしくさせるのだ。

川床に立ち

心地よい微熱のままに
来てみれば
鍋川には熱い
吐息に紅葉に
あまりにお似合いで
川床に立つなら
川遊びのできない
川の淀みに散った
楓の水溜りのようでいて
細波のように震え、

なにやら
怒った仙人の
かの不思議な法術をもって
水を涸らした
という川床に
凬は
お構いなしに現れて
楓の雨を降らせては
わたしまで慄かせて、

寒冷前線の
いよいよ折か。

空耳

夜桜見物の帰りに天婦羅屋の角を曲がると、
私は曾て、この風景に出会ったことがあった。
この模様はどうだ、
この模糊とした気配はどうだ。
空箱と空き瓶が好き勝手に居据わった
うら寂しい脇道であって、
私は酔っ払いの足取りで紛れ込む。
私はその時、空耳を聞いた。
阿婆擦れ女の叫び声が、
白い肌を剥き出しの
裏路地に谺する。

千本松

海から松林を縫って
うらぶれた風が届く。
亭亭とした老いた松らを
脅かせながら
愁え絶えない漁夫の家を
揶揄しに向かっていくのか。
ここは、今にも暮れようとして
夜の準備をしだしたようだ。
松の影は私の影を
蝕んでは、幽かに震えている。
あの小さな家家は、次次に

仄かな命の灯を点していく。
まだ、灯の点いていないのが、
私の家だ。
私は私の影を生むのに
煙草に火を点ける。

病む少年

消毒薬の染み込んだ白い部屋は
血の匂いを揉消し
痩せ落ちた頬に目をぎらぎらさせた
少年を寝そべらせていた。
白い天井と
傍らの痩せこけた花と
何時もと変わったことはない。
少年は母に聞いた。
「今日は天気なの。」
少年を見守る悲しい母は
「小さな雨が降っていますよ。」

と答えると
「そうなの。」
と静かに言ったまま少年は天井を見続けて
それから、暫くして、また、少年は
「僕、生きているの。」
「ええ、立派に生きていますよ。」
と、母は顔を背けて言った。

折り紙

色紙を買ってきて
お気に入りの色を選んでは
鶴を折る
兜を折る
奴さんを折る
でも　いっとう好きな赤の色紙は
紙飛行機になる
わたしの心を乗せてくれそうで
潔癖なまでに折っていき
弾む調子で飛ばせてみる
うまく飛べば嬉しいし

すぐに落ちれば泣きたくて
くしゃくしゃに
嫌な思いを忘れるように
握り潰して捨てちまう
手の平が赤く寂しそうに
滲んでる

首のない女神（ニケ）

あなたはわたしの喘ぎの
前から跳ねようと
なさろうとするのです
背に持ったその
軽い羽根で
懶い朝日を浴びながら
遠くで馬が嘶いています
鼻持ちならないわたしどもに
焦れて　厭きて
跳ねようと

それにしても
あなたは首を
どこに隠して
みえたのです
最後の笑みを
どの幸せ者に
贈られたのでしょう

残された欠片

おまえは私の後ろ影
を睨んでいたろう
大きな眼をさらに大きくして
私の溜息を形見
に置いてきた

これまで幾夜も過去に戻ろうとしたことか
それも　今日で　さよなら　だ

夢と悔恨の雑居する私の
細い腕には重すぎた

もう　おまえをあやすことさえ
できもしなかった
私が見捨てた?見捨てられたのだ
(どうでもいい)

そう　あれは　星のない静かな夜　だった

屋上から

ビルの屋上から紙飛行機を
投げてみた
夢を乗せて
飛んだ　舞った
人込みを見下しながら
軽くかるく風に運ばれて
つかのまでもかまわなかった

私は階段を忙しく
駆け下りた
雑とした人と人との空き間を

捜した
馬鹿野郎と罵る声を頭の上で
聞きながら足音を
覗くようにしていた

よもや踏み躙られたのであるまいな
悲哀の男がうろうろする
だれかわたしの紙飛行機を知らないか
確かここらに落ちたはずだが

初冬からの贈り物

虚ろを露にして
騒音が塵埃を巻き上げている
薄明の頃、
神経の動悸が懲りずに
眉間に皺を寄せさせる。
街路樹を揺さぶりながら
鈴鹿颪がわたしに届く。

耳元で口笛を吹く風は
落ち葉の微かな匂いと
予感を手土産に

ひそひそ話をしていった。

「誰から貰ったの？」
可愛い小箱に大袈裟なリボンの
自慢話は尽きないようすで
小さな幸せを誇示しては女生徒が
わたしの前を歩いていく。
大きく手を振る彼女の
長い影が気の早い陽炎のように躍っている。

わたしは辺りを窺って
彼女のように腕を振る。
心の縁のかげが飛び飛びに
散っていく。

鵟鳥

汗臭いわたしの中の鵟鳥が喚く
いつの間にか巣を作り
居付いてしまった
鵟鳥の身がってが
もはや主人のことは聞き入れない
喉が渇いた　水をくれ
と心の淵を突っついて
わたしの口から
愚痴を言う
満足しなけりゃ　でしゃばりの
頭を振るい　嘴の

あちらこちらの八つ当たりに
藁屑ばかりのわたしの心も
堪らなく顔は変に
歪んでしまう

家の裏の溝川

家の裏の泥臭い溝川から
アカゴが消えた
浮き草のようにふらふらと
どこへ行ったのやら
少年の思い出とともに
忘却された

可愛い膝小僧を抱いた
子供の目はアカゴから
離れなかった
子供の血管が溝川に捨てられた

のだと思っていた
だから子供はちっちゃいのだと思った

溝を浚う
アカゴのいない泥から
仄かな懐かしい少年の日の
匂いがする

幼い会話

動物園へ行ってきた幼子が
わたしの肩の上に留まっては
「あのね　あのね」
と唄ってる
頬をぱっと赤く染め
「あのね　あのね」
と繰り返す
「どんなだったの」
の言葉を聞いて
畳の上を駆け巡る
「あのね　象さんてね

こおお
んなに　大きいの」
と背伸びをしながら飛び上がる
目一杯のあどけなさよ
小さな指に光が留まる

隠れ遊び

苛立つ夕日の長い影に
隠れんぼうの
子供たちは大声で笑っていた

まだまだ遊ぶ子供達
蛍が飛び交う
光の中に一斉に
飛び込んだ

夜に隠れた子供達
純情だけが飛び跳ねた

鬼になった忍び足に
蛍は慌てふためいた
見つかった子供の甲高い声
大人たちの苦い顔

捕まった子供の握った手の中で
また
赤い蛍が一匹死んだ

干物の悲しみ

干物が海を恋しがる
故里を泳ぎたいと思っている
魚屋の隅っこの取り止めのない
望みが淀む
僕は鰺
そして　干物
息する姿に戻るのに
総ての海を浴びさせて
もらわなければならない
骨の晒された鈍い傷みに
苦い腹も疼く

僕の悲しみを食ってはいけない
忘れたい味ばかりだ

かつて海は美しかった
波の巨大な鱗は閃いた
僕は気ままな鰺だった
熱い天日に干されるまでは
泣き言さえが美しかった

その鰺の開きは僕だ
腹の中に
ひらひらと真実が見えるかい

記憶の底

原始よりの雄叫びが
雨に煙る森から
中空に彷徨う
歯朶が震える
蔦が揺れる
地に被さる笛の音のうねりの
聞き覚えのある森に
不愍な鳥が叫ぶ
腹の底の声が響く
新しい生命が地の底に
隠されている　そして

死んでいるかのように待っている
雨の中空に
原始の森の雄叫びが
谺する

田舎と都会

田舎は寂しい
都会はもっと寂しい

角を研ぐ鹿と　雉と山鳩と
　愚痴の零れる裏町に
泣いていた
　虚脱感と遣り切れなさに
小川の細流は
　独りきりで
無情に流れ去った
　そして　帰ってこなかった

悲しみの笹船が
　鉄骨にとぐろを巻く憂鬱のように
わたしの前で呑み込まれた
　都会のわたしは
笹船を食った
　青臭さと消化不良で
腹が一杯になった
　田舎の匂いがした
田舎の夕日は大きい
都会でまた血が流された

小さな反抗

後ろめたさが蔓延り、
自分の影に目を落とす。
過去を見れば切りがない
恨み言ばかりがわたしの生活と
割り切れるなら
白紙の頭に何を描こうか。
傷のない恋愛？
スポットライトとファッションショー？
鳥と花？
絵の具のチューブを選び分け、
なぞる過去は悔いの色。

わたしに付き纏う影の色。
わたしの足が影を踏み荒らすと
わたしの心を影が蹴る。

友人の死

友は夢の生け贄となった
コンバインで刈り取られた稲の株に
再び小さな青い穂をつけている頃であった
余りにも暗い土が反射していた

わたしはあのとき単なる傍観者だった
涙することなどなかった
友の死を疑ったわけではない

柩に納まった友に　白い顔に
幸せが見えていた

周りの花よりも美しかった

あれから二年が経ってわたしは刈られた
稲の前で涙する
この歳月にわたしは何をしてきたと
言えるだろうか

頬の涙が風に冷やされる
枯れるしかない蘖の穂が首を振るう
土はあの日のままだ

わたし

むかしもむかしに
自然から孵ったものがあった
海を産湯として使い
産着に獣の皮を纏っていた
生白い皮膚が食い物を貪るごとに
赤く染まっていった

そして　わたしがいる
わたしを悩ますものがいる
都合よくひとつの肉体に住んでいる

これからどれだけ続くだろう
太陽が弾けるまでは
いるだろうか

それにしても残念なことだ
産声を忘れちまった

真珠の願い

明日への夢が輝く薄暮の頃、
海鳴の聞こえる砂浜に
夕日の映える白い足跡がある。

波が今にも過去をさらおうとして
しぶきを上げる。
夢が押し寄せる。
しぶきの真珠の願いの可憐な
結晶と夢と手を結ぶ。
苦い涙を貝殻に埋め、
幸せを真珠に秘めて、

君よ、幸せであれよ
と祈ったあの日から
君の胸元に真珠が揺れる。

ひっぱりっこ

逃げようとする
蛇の尻尾を掴んでは
ぐるぐる回す男の子
「僕にも見せて」と駆け寄る子
駆け寄る子

「嫌だよ」と後ろ手にした蛇を
見たい心がたった子の
蛇の頭を掴み引っ張ろうとする指に
ちっちゃな綱引き始まっては
堪らんと慌てた蛇は噛みついた

今度は驚く子供達
二人は揃って万歳し
互いに顔を見詰め合う
輪になってそれを見ていた子供達
騒ぐ足の林を蛇は縫っていく

子供達は大人のもとに駆け寄って
「たいへん　たいへん」
「ヨッちゃんが蛇に噛まれた」
と報告すれば　青くなる大人の顔が
「どんな蛇だったの」と聞いたとて
「こんなの」
「ううん　こんなの」
と興奮に顔の赤い子供達は

空気に小っちゃな指で思い思いに
絵を描く

死にどころ

春の日にうつらうつらと
居眠りしている隙間に
勘違いした死神が旨そうに
魂を頂戴するって
こともありそうで
抜け殻になった人間は
後は知ったことではない

辺りの人間となればそれは大騒ぎで
冷たくなった肩を揺すぶってみたりもするのだが
優しい寝顔のままの抜け殻が

起きようはずもない
その人間が果たして
その死に様で
幸せであったか　なかったか
また　わたしがそちらに赴いた折には
ぜひ聞いてみたいものだ

嘆き

気怠い真昼に
鏡を覗けば
頑固な顔が映って
わたしを怒鳴りつける

いつまで生きているのだ
もう　そろそろ
くたばっちまっていいところだ

皺の心は悴み
痛みを　ひとつひとつ

賽の河原で組み重ね
ああ　わたしの顔の嘆きを掠め
また　いつものように
突き崩す鬼の出没に
いつまで

哀れむ

朝の雀どもの囀りが
私の頭で喧しいほどに突く
まるで頭の中で杭を打つ木槌が振るわれるようだ
呪われた頭と宿酔の祟りと
昨夜の男の声が私に絡む
「こら　若僧」
持ち主のいない声がする
「なにを偉そうにしとる
ははあ　さては　やつの回し者だな」
確かに聞き覚えのある嗄れ声が
私の頭で響く

私に噛みついては喚き散らす酔っ払いに
哀れんだ私の心があった
真実の哀れむべきは……
白髪交じりの頭を掻き毟り
私は折れるぐらいに首を振る

退職

疲れた体を抱えて一途に
なり振りかまわず生きてきた男も
今日を迎える
威張った古呆けた鞄が
この男の形見のように
冷たくなっている
昨日は男の身拵えの時を取り去った
そして　今日は何を奪ってしまうのか
遠い昔に
捨てられてしまった悲しみの
面影が忍び寄る

それにしても
この童のような
胸騒ぎはどうだろう

弾む気分

頭の上にぽっかり青空を覗かせている。
歌を謡いたい気分になる。
涙なんか忘れてしまい、
ひもじい心も
耳障りな世間話の中年女の声も
雨雲の遥か彼方へ
吹き飛ばし、
ああ、家並みが輝かしい。
活気に満ちた威勢のいい声の列なりに
さもしい思いは尻尾を巻いて逃げ出して、
朗らかな笑い声が弾む、

弾む。
こんな日は何か得をした気分となって、
ひとりでに口遊む軽い声は
弾んで青空に吸い込まれる。

出立

僕を迎えに来たものが
戸口を叩いている
そんなに悲しむことはない
僕はもうゆかなければならないけれど
今はあすこの裏山で
烏瓜が紅葉に紛れて火照っている
そのうち雪に隠れて白い花を綻ばせるなら
小さな抵抗の微笑みの
僕の唯一の意志だ
なにもかもが真っ白い底に眠っているなかで

思い出の雪も何れ消えてしまう
僕のゆくのを悲しむことはない
戸口で使者が
苛立たしそうに土を踏んでいる

月の頃

日本手ぬぐいを頬被り
もんぺ姿の腰の折れた
ひとりの老婆の姿が畔を歩いている
やれやれとしたふうに
後ろ手に組み
赤く照り返す田圃のなかをゆく
どっしりと黒ずんだ昔ながらの家の
ずれた柱の間に巣作った
虫の啜り泣く声の
安堵感があの外れに待っている
老婆の歩みは決して急がない

土を踏み締める足が
ふと立ち止まっては
土の匂いの染み込む手で
腰をとんとんと叩き天を仰ぐ
満足気な顔がある
「今夜あたり月の頃じゃな」の
呟きの声を風が渡す

あって

わたしは知らない
わたしの心も
花のこころも
でも確乎としているのは
あることだ
誰かが無言のままだった
私はよく言ったものだ
冷ややかな含み笑いをする人だった
譬えるものがないのは
夥しい夢の氾濫の
あまりの凄まじさと無頓着と

そして未熟さと
ここにわたしがあって
一輪挿しの花瓶で一輪の花で
机と壁と
花とわたしの長い影だ
ひとひらの花弁を落とそうとしている

傍観者にすぎない

原始のままの荒野の
担架の上に寝そべる女を
不思議そうに膝を抱えて
幼子が覗き込む
膝つき貪るように
老人は天を仰ぐ
そして　もうひとり
若い男が頭を抱えてしゃがみこんでいる
すでに渇いた目は何を見ているのやら
感情の声が焦げた土の匂いの
終始漂うなかを彷徨っている

不毛の地に一輪の花を咲かす
肥やしとなるために女は息の緒を絶った
あの毛布のなかの手は組まれて
いるのかどうか
私は遠くからの傍観者にすぎない

雪の降るのは

煩わしい苦患を道連れに
雪高原の白樺の
ここに道標はない

あどけない雪の降る
恍惚の雪の降る

ちりちりと膚にしむ潔癖な雪に
隠れんぼうしていた林檎の頬の
童の心がはしゃぎすぎ
遊び疲れた子供は

明日を忘れて
今宵いい夢を見るだろうか
雪はこの夜のために降る

春の風のなか

陽気で暖かい春の風に
僕は悴んだ心を棄てちまう
棄てられそうにもないのに
振りをして
大手を振って街をほっつく
今年流行の出で立ちをした人は
僕を尻目に足早に
待ち合わせ場所へと急いで行った
僕の足は決まって
人の疎らな公園の片隅の
ベンチの見える木陰へと向く

あそこで
若者は自分の影に脅えるかのように
大声で主張して
天を仰ぐことを老人は
習慣としている
小心者をせせら笑うかに
風に木木は揺れるなか
そして僕は単に
ここで立ち竦む

天幕

さあさあ　御当地
曲馬団の御目見得と天幕が張られ
ひっそりとした空き地は
束の間の賑わいに彩られた
軽快な音楽と喚声が飛び交って
人間は喜びを演じた

夕餉を前に見物した者達は
自慢げに今日の話をしているはずで
子供達はサーカスごっこをしていてそうで

星のやけに耀く夜の
杭の打たれた傍らに
首の折られた蒲公英の
あることを誰も知りはしない

子の仕草にうつす

薬をオブラートにくるみ
飲み込もうとする子の
躊躇と戯れが
既に苦味を知った顰めっ面に
ぎこちない愛嬌となって
大人達に笑いを振り撒く
子供は笑われるわけも知らないで
足枷を嵌めた大人にも
優しい心の弾ける時を齎して
そんな仕草を繰り返す
子を見ては懐かしげに昔を語る大人には

過去のしくじりも笑い話とよいことに
呑気の風体を装った
焦りと戸惑いさえを揉み消させ
ほんに和む時の影に
笑顔の姿をうつす

廃墟を余所に

有刺鉄線に守られた廃墟に
自然の片鱗の息遣いがある
恰も別世界のように
一郭で薄が揺らぐ
都会の中の
不安定な空間を余所に
奇麗事で錯覚された未来を貪って
人は固い歩道を黙黙と歩いていく
足音があまりに遠い空に飲み込まれ
その後には足跡さえも見当たらない

摘まれたはこべ

道端で見付けたはこべを
日向ぼっこでもするように
子供が膝を抱えて眺めている
はこべを揺らめかす風に
子供を呼ぶ母の声が
呑気そうに渡ってくれば
はこべはふいに摘まれてしまって
三つの無邪気な指にある
母に内緒とこのはこべは
大事に子供のポケットに
仕舞われて

子供の寝ついた夜ともなると
ポケットの中身の秘密が
ちらと白い顔を覗かせる

倨傲な顔

こんなかたちで
ここに欲念の蔓延る肉体であるにも
拘わらず　私が存在する
意志の傲慢が私の顔となって
鏡にうつる
平凡な顔に逃れた残虐が
見え隠れする鏡の中で
私は笑う
過剰な嘲りをもってしても
無頓着な顔色は褪せることがない
捨て鉢に歪んだ顔を

やけに愛着する鏡がある

昼下がり

甘美なまでにもの憂い昼下がり
休みの校舎から見慣れた
コンビナートの煙突の
尖端から零れる
(果ない存在)
雲になれない未熟児の
母の声が聞こえでもするように
けたたましく紛れる蒼天を
下界の機械の唸りが
ひっきりなしに脅かしている

千切れ雲の見下ろす校庭で
若い汗が飛び散っている
意志の躍動の爆ぜるところに
歯車の音の存在は無意味となる
もの憂い昼下がりに
校庭から大きな笑い声が
聞こえてくる

花見見物

今年もまた桜の満開の頃となった
うす曇りの空に混じって
歓声の賑わいは浮き足立っていた
散る桜の花弁を追っ掛けて
捉まえようとする子供と
酒盛りの父さまの大声と
世間話の母さまと
様様の思いが蓙の周りを
駆け巡り　花の霊妙な気に
審判を受けていた
明日の天気が気懸かりな

この夕暮れに
鉄道を揺るがす笛が
闇に呑まれていった

潮干狩り

砂に手を埋める
心地よい感触が
私の全身を喜ばす
両手に掬った砂を
波がとかし
後に浅蜊を残してゆく
頑なに秘めた円らな貝の
今日の夕餉になる運命に
怯えた小さな蟹が
私の足元で砂に潜る

断章

私のいるのがこの世でこれから逝くのがあの世ならば
生まれる前の世を忘れてしまったのは残念なことだ
私は過去をしんみりと思えるのに
未来は野望だけがある

これが最後だと思ってから
何度　ここへ来たであろうか
私が存在していることほど
曖昧なものがあろうか

悲しい繪葉書

片付けものをしていて
見付けてしまった
無性に寂しい一枚の繪葉書に
見覚えのある不愍な筆の跡
日が暮れようとした連峰は
潤いを既になくし
褪せた黒褐色の思い出が溢れた
投函できずに仕舞ったまま
忘れた情熱がここに燻っていた
他愛ない言葉の綴りの片脇に純情が
居座った悲しい繪葉書から

懐かしい風が吹いて
わたしをさらに悲しくさせた

夕暮れの境内

観音寺の夕暮れ赤い境内で
園児に追われた鳩が
一斉に空気を打った
一瞬のことであった
目をまるくした園児の
あどけない青白い顔に
驚きと寂しさが浮かんだ

観音様の前には
手を合わせた若い母の
この子の将来を念じては

なにとぞ
を繰り返す姿があった

瓦屋根から頸を傾げた鳩は見ていた
玉砂利を掬っても零れてしまう
小さな手を引いて
立ち去る母の後ろ影の小さかったのを
そして　ついには
薄暗がりのなかに見失うまでを

萎えた肉体から

魂の家来となって
毛嫌いし続けてきた現実を
今にして新鮮に思えるのも
この萎えた肉体が所以かもしれない
だからといって
過去を無念としない
精一杯生きてきたのではない
これから祈りの魂を
小脇に抱えたそ知らぬ顔で
厄介者と蔑む声の聞こえてない
ところへといくからだ

雀子の踊り

寺院の陽当たりの良い白壁の
電線の影に雀子が
踊り舞っても止まれるはずなく
壁の際に落ちては　二度　三度
草の間から茶色の頭を覗かせて
上を窺い　はにかみながらの繰り返しは
余りにも私のようで
夢中のままに囀りさえ忘れてしまって
爪を立ててしがみつこうとする
理想に爪痕だけ残しての
哀れな草臥れた首吊りの背広の

私の姿が浮かんで
雀子の可愛らしさに綻んでいた顔を
悲しくさせた

千羽鶴

私の折鶴が舞った
祈りを込めて
几帳面に折った折鶴は
窓を開けた途端に
逃げてしまった
腹に詰め込まれた
他愛ない私の情の
余勢に堪えられなくて
最後の一羽が糸を断ち切った
千代紙の鮮やかな色の尾を引いて
空に舞って

ぽつりと消えた

九九九羽目の鶴も　今しも
手元から立ち去ろうとしている
のを私は茫然と見ていた
私は縋れなかった
跪いて請うのには
私の自尊心が邪魔となった
人気のないのを窺わなければ
本性を表せない
のに疲れてしまった
静かに千羽鶴の崩れていくのを
聞いているしかなかった

最終電車

最終電車の窓に
暗闇を背景の吊革が
気怠そうに揺れる
疲れた顔の浮腫んだ影の
私がこちらを見ている
形にならない馳せる思いの
残った肩の緊張が項垂れて
顔の裏側に泣き出しそうな
顔の潜む
発情した闇のなかを
降りる者のいない

次の駅へといく

お伽話

万華鏡にうつる幻と真実の
偽りを見極めるに老い耄れて
お伽話はとうに忘れてしまった
むかしむかしの
かぐや姫の鬼退治では
孫に語るに気が引ける
これが爺ちゃんの人生だよと
差し出す玉手箱の
持ち合わせもない
人間の腹から生まれたらしくって
流暢に生きてはきたが

確かな記憶があるわけではない
膝に座った孫に何を語れるかと
惨めに伸びた顎の
不精髭を撫でるだけだ

期日指定

自動改札機に吸い込まれる
定期券が潜水に息切れした
泳者のように慌ただしく跳び上がれば
人はすかさず抜き取っていく
その時の顔を本人は見られない
髭を剃るのに見慣れた顔の
鏡に誤魔化された歪んだ顔が
本性は裏に隠れた平面の
それにしかすぎないで
毎日を繰り返す定期券のような生活に
実を知らないままの薄っぺらい生涯がある

擦り減るための不安定な存在の
秒単位の快楽に躍起となる
人間の手にした定期券に
大きな数字が書かれているが
限られた期限の中を屈託なく
生きていけるのは
本人が背中の裏に指定された日を
知らないだけの楽観にすぎない

革命

戦ってまで守ろうとするのは思想なのか
その末に勝ち得ると信じる　主義のために
無駄死にという言葉は禁忌となる
同志からは名誉の称号を与えられ
一方では謀反の烙印を押されて
冷たいアスファルトの孤独に馴染んだ者の
魂が無念と後悔を彷徨するかのように
明け方に陽炎の立ち昇っている

道端に毎日の鬱積した不満と退屈が
騒いで身なりの質素な老人を悲しくさせた

「扇動はめいめいの心から起こった
だれの仕業でもなかった」
独りの老人の懐旧談は地に埋もれ
誰の耳にも届きはしなかった

表明の手懸かり

1

児童虐待の大きな活字が、
黒いインキに光沢を持って
社会の親に警鐘となることを願った。
怠惰と拒否と暴行と……
吾が子に向ける仕打ちの有様は、
溺愛の様相を含むまでに
広がりを見せ、
親の私物とされた児童の姿を
克明に現した。

無表情の子供の口元が、
冷ややかに緩むのを
正視できるほどの勇気を持ち合わせない者が
怯えながらに見たのは、
見通せない未来だけであった。

砂遊びのできないある子供は、
ブランドに着飾る母親の
世間話に夢中の傍らに
立たされる訓練を忠実に受けながら

利己と欲望に脂ぎった顔の
頬摺に慣れ親しんだ
あどけない顔の横目で

見ていたのは……

人間を呼び捨てる風潮に
慣れっことなった社会の
理屈を得意とする人間の
実効を持たない趣意に
猜疑の氾濫する昨日が、
生きている自覚すら遺せないままの
ひとりの子供を呑み込んでいった。

2

予言者の英知の涸れた現実に
天を仰ぐことを常とする老人は立ち竦み、
若者が目先の悟りで

機械を動かすことに汗だくとなる。
その世相を破るかのように
駆けっこに夢中の子供達の
歓声の声が空を震わせる。
命の躍動に暗示された今日が、
あの子供達を手元に呼んで
画用紙とクレヨンを持たせれば、
子供の握ったクレヨンから
画用紙にめいっぱいの
未来を占う。

遺伝の存在

喧騒の憤りを釈放し
虚脱のままに果てない空を
見つめることが
実は自分の脳細胞を覗こうと
しているのかもしれない

遺伝の歴史に導かれ
臍の緒を辿ってきた
空気を食らう御座成りの
私のたわいない存在がある

呻き声と歓声との
遺伝の独り言が
私を産み落とした

空の果ての脳細胞が
鼓膜を震わす鼓動を聞く
そして続く

わらべうた

あれは三、四歳の頃なのだが
未だに消化不良のわらべうたが
胸に痞える

わらべうたの残酷をうきうきと
気軽に歌ったのがいけなかったの
かしらと思いながらも
あの鬼ごっこも　かくれんぼも
はしゃぎすぎるほどに面白かった
衒いもなくて　奔放に
日向を奪い合うかの　かけっこ

さなかに時を置き去りにした
呆れて眺めた夕日の大きさに
素直に驚く心があった

消えた思い出のわたしのなかに
形見に残ったわらべうたが燻る

時代

拷問台に凜として立つ
童顔の男の思想に
冷静な暴力は形骸化された。
錯乱した歪みが殺風景の
煤けた壁に跳ね返り、
鼓膜に呑み込まれていった。

ただ　それをよそに
白い雲と鳥の鳴き声は、
いつもと変わらなかった。
その中を子供達の

歓声が駈けていった。
精神に拷問を加えることを
知った大人達は、
子供の頃を忘れたが、
青い空はあまりにも
変わっていなかった。

海女の笛

海鳴りに混じる海女の笛の
素潜りに日を暮らす
片恋の遣る瀬ない思いを
遠い昔に沈めた海で
岩に忍んだ形見の粒の
今もなお啜り泣く
宿世の切ない響きが
磯を渡る
あまりにも赤い
夕暮れに海女の姿のない
なかをひとつの小さな

漁船が見える頃に
海女の笛は海の底に眠る

夏の終焉

往来の激しい舗道の
片隅に一匹の
仰向けに足を丸めた蝉の死骸が
無造作に置き去りのままに
太陽はまだまだ熱い
生き残りのものどもの喧噪は
風の餌食になって
そのうちこの土地を離れていく

雑踏のアスファルトに
予感が漂う

並木が感じて　雑草が騒ぐ
蟬が知っている
茹る舗道を人間が歩く歩く

夏の日の残像のなかで
鋭気とともに亡骸は
闇に呑まれていくのを
じっと待っている

薄と麦藁帽

感傷と浪漫の注ぐ
薄野に忘れ去った
麦藁帽の日焼けした顔が
飛び跳ねてきそうで

冷ややかな風が花穂を撫でて
色褪せた懐古を
赤蜻蛉が見ようとしている
となりにならび

私の背に不意の迷い子の

夕焼けに映える
無邪気な幼い顔の
帽子をかぶる素振りがある

彼岸花

彼岸花をひたすら見ない振りの
腰を折った老婆は後ろ手に
夕暮れの道を歩いていった
振り向くのに躊躇った過去を
悔やむ様子も見せなかった老婆の
はっきりとした影は
嘲笑っているようにあった
途轍もない長い影を引き連れる
私の愚かな予感こそ闇へ消えた
ただ　夜蜘蛛が彼岸花に
巣を掛けているのがあった

写生

途方に暮れる空を
鳥の鳴き声が行き渡った
平穏を装う秋に向かった画匠は
ついに描ききれなかった
捉えた風光の莫大さを
目前に詰めようとすると
画布から零れる筆が
秋を引き裂いた
画匠の落胆は秋に溶け込み
夜露を結んだ
瑞瑞しい気配に包まれ

のこされた画布に
とっておきの秋が見られた

賭け

気の弱い独り身の男が、
有りっ丈の気を奮って
覚悟を決めた。
こだわりの欲望に苛まれる現実を
このだらしない部屋とともに
燃やし尽くしてしまう
投げ遣りと諦めに酷似した
思想の戯れは、
真面目な男に危険であった。
総ての粉砕に男が賭けた。
新しい自我の誕生はそこにあると

急き込む覚悟が体を火照らせた。
ユートピアへの準備は至って
簡単なものであった。
男の乱雑な部屋に
日用品から探し出せる限りの
燐寸とコップ一杯の水と
手鏡が整然と並べられた。
欠かせない物の前で余りにも
静かに坐っていた男は、
身支度を調えだした。
鏡の顔がいつものそれではなく、
危険な顔であったのに、
男がそれに気付いたかどうかは、
今少し待たなければならない。
一杯の水を呷る意味がどちらかに

転がろうとしている。

行方

遺伝の運命に脅えた
かつての精神が実在を拒絶しようと
夜道の己の影に吠える
犬の遠吠えは過去のものとなった
遠くからの叫びが木霊する
鉄筋コンクリートの谷の底にある
手の平を翳せばなくなる空は
もはや遺伝を生んだ空ではない

煌びやかなネオンに隠された
陰鬱な生の嘆きが

路地裏に迷い込もうと
厚化粧の女の後を追い掛ける
夜に寝そべる安息の
在り処は跡も残さず消滅し
昔へと彷徨っていく

静寂を迎えたこの夜が
小さな雨をのみこむ
どこかしらで赤子の
泣き声がする

暮らしの世界

先が見えている
どうってことない過去と未来が
手具脛引いて待っている
平穏な暮らしの
平凡な幸せを錯覚しながら
運命と呼ばなければ
悲しすぎるこの世を生きてきている
細やかな喜びと憂いを
小さな花にたとえ
自然を称えては
影ある惨めな存在の

扱いに戸惑っている
白紙にはじめてインキを
落とす緊張も遠い過去に
置き忘れたままで
見送る時間の
今に
鏡が一枚あればいい
別の世界が覗けそうで

ひとつの恋

スイッチひとつで電燈を点ける
気軽な恋が流行っている。
二時間枠の劇の中に
シナリオを追い掛けては
なりきる気分が心地よく、
憂いの現実に外方を向いて、
ちょっと不安と気懸かりを
織り込む作為の恋をする。

爽やかな風が頬を撫でる
ロマンスや、

愛撫のように掻き揚げる
黒髪の純情が、
潤いの涙を流す少女の
ものであるなら、
そそっかしい潮風に
頑なな意地をもって、
現実に向かえばいい。

風船ときりぎりす

風船の紐をしっかり
握る子供が
涸れた筧の蹲を
神妙な顔付きで覗き込む
僅かに残った水にきりぎりすが
ぷっかり浮かんでいる
微かな息は蹲の中で
彷徨っている
悲しくなった子供は
風船のことを忘れて
両手で掬う

濡れた手の内で
きりぎりすの最期の力は
子供の可愛い指を射止める
振った指から
零れるきりぎりすの
命は土の中へ消える
風船は空に小さくなっている

消失

今朝の新聞に尋ね人が載っていた
どこかで見たことのある顔は
躁鬱の影があり
手掛かりを今に残していない

過去に暴露の恐れを持っていた
その粉砕のためには
胃が引き攣り
脳細胞は砕けた

異変は過去に起こった

思いかけない結果が
存在そのものを消し去った

どの世界にいったか不明の
主が新調したばかりの
洋服かけの背広が揺れていた

夜の彼岸花

艶めかしい夜の彼岸花が
　川原の土手に妖艶を放つ
浮世絵の色香にもまして
闇の空間に幻想を浮かべる
それはあらわになった乳房の
鷲掴みにされながら
　零れるたわわなすがたに
それは嫋やかな女体の乱れで
宿す露を密かに
委ねる闇夜に燃え立つ
夜の彼岸花が

ここに
群れをなす

雨の中の萩と乙女

奈良の古刹の萩は
雨の中にあった
うらぶれた頃のことで
景勝は消えていた
石段を大きな雨粒が叩いた
乙女の物憂い気配に
驚いたように飛び散った雫の
行方を萩は首を傾げて見ていた
どれだけの片恋が雨宿りも
しない乙女を歩かせて
石段にわけられた萩に

乙女はとけこんでいこうと
していたのか
色褪せた萩と乙女が
あまりにも悲しく
暮秋の雨の中にあった

糸の輪

とても静かな時間の中に覗くのは
娘の差し出すあやとりの
取れない私にせがむ糸の輪と
ねえ
と急かすあどけない娘の口もとで
あるのは
情愛の溢れるかたちに
緩む私の顔となる
ちっちゃな指から解れる糸を
寂しく見ている娘の顔も
私の笑いを楽しそうに

糸を取っては解き放す
素直なお遊戯に
きゃっ　きゃっ
と糸の輪の中の
娘が笑う
私が笑う

夜空

胸にぽっかり穴が開いて
夜の均衡が崩れた
弾丸を撃ち込まれたよう
白く浮き上がった
その白い影の向こうには
荒んだ気配が漂っていた

途方もない不安が
地上に吹き募り
沈痛なネオンとなった
夜の砂漠で夜光虫が

餌食を求めるように
それは存在した

闇の鏡が映した
地上の白い影が
夜空に浮かんでいた
にすぎなかった

影絵

影絵を楽しそうに
見入っている園児の
顔を微かに赤らめて
鷲の影が飛ぶ
兎が跳ねる
真っ白い障子の雪の上に
闇の輪郭を踊らせる
静かに鷲が兎を襲う
膝を抱えた園児の手に
力が籠もる
兎の影は　いったん　砕けたが

また　障子の隅に
きょろきょろとする兎の姿がある
じっと静かな時間を破って
園児の解き放たれた手から
拍手がおこる

いのち

曇天に紛れる煙突の吐き出す煙の
曖昧さに麻痺した感覚は
一匹の蜻蛉にも怯える
空間を存在の在処とする蜻蛉の
奔放さが風を切る
そこには確かないのちがある
自覚を見失った私の心は
やはり　命を手探りするしかない
生きている意識は霧中に
欲望の俘虜となる
夢遊病者の足取りで

存在することの果なさに
一匹の蜻蛉を恐れる
しかし　私のように
透明の羽の神経が
小刻みに震えているのを見る

夜汽車

夜汽車のひとり旅の
車窓にうつる痩せこけた顔に
ひょろりとした長い影を共謀して
抜け出してきた
拘束の生活に消毒薬の匂いは
我慢ならなかった

今時分のあの丘には
花の盛りを見られると企んで
揺れる夜汽車に
委ねる身のか細さを

嘆くのに弱弱しい電燈が
おあつらえの妖光を
身投げしている
汽車は夜の中を
枕木を叩きながらひたすら走って行く
朝日に近付こうとする夜汽車に
いる長い影に
華やぐ色彩が迫ろうとしている

少女

その少女は黄昏を背にしていた
なにをするふうでもなく
薄明かりに黒髪をしっとりと
濡らしながら
ぽつりと
立っていた
いやに静寂の似合った少女の
影法師から蝶が飛び立った
いくつもの
いいえ
ひとつの

蝶の茂みへとかえっていった
その少女は夜に紛れた
どこかの夜に落とした恋も
朽ちていった今に
たった
ひとつの蝶は
ひっそりと
羽をたたんだ

力

川辺に遊ぶ白い鳥
の赤いあしがばねのように弾ける
白い影が大きく膨らむ
一瞬は静寂に身構え
打たれる空気に緊張が流れる

かすかに靡く葦の
いつもの世間話は尽きない
この川辺に茜雲の予感が漂う

白い鳥の羽撃きの後の

伸びる赤いあしと
白い影にありったけの
力がある

のどかな葦に白い鳥
のなかを
ゆったりと時間がいく

老う犬

尻尾をだらりと垂れる老いた犬の
過去に置き去りとした力に
真新しい頑丈な鎖はいらない
のたりと意志の前足を踏み出し
引き摺られる後ろ足がのたりといく
私に
ごん
と呼ぶのを辛くする
忠実な犬は二度　三度
頭を撫でられるだけに
私の傍へやってくる

あの愛くるしくも健気な表情で
ごん
と呼ばれるのを幸せそうに耳を立てて
私の言うのを待っている

水琴窟

水琴窟の音の夜に響く
私の耳の遠く奥に
優しく澄んだ寂しい音のする
古代から聞こえる音に
小さないのちの音のする

生まれたばかりの声を
両手に掬えば
指の間より零れる音の
これが静寂の音だと

言い聞かせるそれは
どこかの筧の根元の
あるいのちの囁きと
なる音の夜に響いて

水琴窟の音のする　荘厳の
たえず　音のする

白い風景

白い風景があります
優しい霧に包まれたように
小鳥も山も空もわたしも
何もかも淡く白いんです
どこか懐かしい気がします
そして　ずっとずっと
遠くまで白い風景は続いていいます

暮秋

とある境内の紅葉の石畳に
侘びしく悲しい音のする
冬の気配を孕んだ陽光の
さらさらと零れいく
木洩れ日は夜の
準備に余念のない
石畳を覆うかのように
そして紅葉が流れる
この静かな時間に
ときおりの風は
かっさらっていく

後に侘びしい音の
悲しい音を遺しながら

眠りにつく

大きく見開いた瞳は
白い天井のはるか
かなたを見ていた
険しい顔付きを忘れて
少年の手足は清清しく
伸ばされていた
かつて行ったことも
ない山々の
小川のせせらぎを聞いては
こころに鮮やかな
風景を歌いながら

少年は静かに眠りについた

山の頂の雪

猛猛しくも
天に翳した拳骨の山の
雪を被った頂が
煌めいた少年の日の在処

夢中の隠れんぼうのさなかに
迷子の泣きべそを掻いた
素足の子供の靴は
終に見付からなかった

少年の意志を呑み込んで

腫れあがった山を遙かに
望む今に用意した
遺書はまだ白いのに

雪のせせらぎに
足跡はなく
溶けていくのを待っているだけ

山水画

頂の見え隠れする山水の風景に
きり立った断崖がある

曾て消えていった流れ星は
あまりにも美しすぎた

鳥らしい声が巌に跳ね返っている
姿の一向に見えないなかに
もくもくと幽玄の響きを谺させる
風景の谷底からのうねりに
憧れをもってひとりの身を委ねる

老人は釣糸を垂らし
流れ星のかけらの
ついにかかるのを疑わない
静かな雲母の渓流の面に
子供の顔がゆらゆらと
揺らめいている

膝の上に

私の膝にちゃっかり
居座った四歳の孫の
手に流行という
おもちゃの弄ばれて
御輿さながらに小躍りの
子供の歓喜がふるえる
きゃっきゃっと燥ぐ声は
私の耳元にあって
手放しの心が膝を揺さぶる
命の重さの膝にある
私の皺んだ手で

大きな湯呑みをぐいと呷り
溜息もろとものみ込むと
ふいに怪訝な顔で見た孫も
飲むことの物まねに興じて
豪快に腕で口を拭く
ああ　それにしても
四年の月日が膝の上にいる

白い未来

きりのない欲望に
煮えたぎる今にして、
さらに未来を貪ろうとする
傍らで薬罐が音を立てるのに驚き、
一縷の灯がこの先にあるとする
小心者は、ただ、母胎の安堵に
暮らしたいとまた懸念する。

それにしても、殴り書きを
してきた色鉛筆が、
握りきれないほどに

ちっちゃくなって、
机の片隅へと転がる。

小雨

足をセメントで固められた
どっしりの赤い郵便ポストを
見上げたのはついこの間の
ことのように
小雨が降っている。
微かな記憶が
有りっ丈背伸びした
幼子の姿をする。
鮮やかに濡れたポストへと
指先で震える手紙を
もっていったのは

確かに私の姿であって
頭の上には母の差し出す傘がある。
あの赤いポストもぽつりと消えたが
胸の熱い私はここに
あいかわらず小雨を見る。

雨上がりの風景

雨上がりの太陽が
洗われたように眩しい
艶やかに照るアスファルトが
踊る小魚の群れとなる
神経に絡む陰りを
優しく撫でていくのは
生まれたばかりの風のよう
水たまりを選ぶ小さな長靴の

可愛い持ち主たちの笑い声がする
穏やかな昼下がりの風景に
木蓮の甘い雨粒の誘われて

軒から飛び跳ねる雀の賑わいを
暖かな光の両手で包む

宴もたけなわの風景の
まっただなかに
ひとりきりで　じっと　佇む

伸び掛かる雪雲

雪雲の下の工業地帯に
わずかな朝日が煙突の白い煙を照らす
伸び掛かる重い影のなかで
人々は今日の生活を始める
始業のサイレンの音が震え
可憐な少女に恋する若者達は
原油の臭気に身を浸す

隣の空き地には「工場建設予定地」の
札が立てられ　空気が怯えている
近いうちに働き盛りの男達が

錆びることのない特殊金属の
部品のために旋盤を
手慣れた様子で動かすだろう
飛び散る破片が丸い螺子を造っていく

夜勤明けの老いた労務者は
寒気の河原に立ち
眩しそうに白い煙を見遣っている

冬の線香花火

線香花火の果なく
この夜の
庭の寒椿をわずかに照らして
夏に忘れ去られた花火の
今に弾ける
子供達の歓声をのみ込んだ夜に
わたしだけの線香花火は
束の間の
時を糸車のように手繰りながら
ついに
満足げに丸まっておちる火玉が

寒寒とした残骸を
わたしの指先にのこしていくと
空回りする糸車も耳の奥底で
より静かな夜になる

うつつ

ちりちりと焼けた砂から
永遠のところに見る
あの
きららの煌めきに
優しい波の子守歌が聞こえる

どこかしら
南国の種子のひらめきのようでいて
真夏の苛立った頭の中に落としていく

生きてやる

死んでやる　と
ヒステリックに叫んだあの女も
今や二児の母でいて
涼しい顔の暮らしをもっている
屈託を手軽に
時への置き土産とできるのを
　羨望するのは（私だけ？）
たとえ夢中にあっても
常に見ている影を
持て余す現実に
影を見る

影が見ている
生きてやる　と
私は心に呟く

都会の朝

林立するビルが赤く染まっている。
眠りにあるビルに向けて
人々が準備を仕出す頃、
午前六時五十一分、
辺りはまだまだ悴む空気に包まれ、
散歩の人の顔がはっきりと見られる。
緩む寒気とともに
都会の常はこの顔も雑踏に紛らしていく。
アスファルトの道路には数羽の
鳩が、首を傾げている。
鳩の羽が空気を一撃して、

さあ　そろそろ
人々の大移動が始まろうとしている。

春の意識

暢気な昼下がりの
うとうととした私のなかに
子供の甲高い声が聞こえてくる
陽気に笑う声が鞠のように
思惑の蔓延る地上から弾んで
爽やかな風にのる
どこまでも　どこまでも
翔る笑い声に
春の日射しまでも
有頂天となって
憧れる私の意識を照らす

硝子窓

硝子窓を伝う雨粒をじっと
追う私の指先は儚い軌跡をとりながら
小さな雨粒を呑み込んではおちていく
人通りのない景色が
窓の外に煙っている
憧れたのはこんなで
なかったはずなのに
雨音が嘲笑うかに冷たく
硝子窓を叩いていく
蝉の抜け殻のように
寂しい私の息が

それでもまだ
硝子窓を曇らせば
はかなさだけをのこす

春の雪

ふわりと落ちてくる春の雪を
手のひらに受けてみる
柔らかい日を浴びながら
ゆっくりと私に届いた雪は
ちりちりと溶けてゆく
雪を見て家を飛び出した
子供たちの遊ぶ姿へ
呑気そうに母の声が渡ってきても
子供たちは知らんぷり
まだまだ落ちてくる春の雪は
いたってのんびりと

そして消えていく

かすみそう

ドライフラワーとか呼ばれるために
豊潤な命のままに
逆さに吊られたかすみそうの嘆きが
風吹く丘を恋しがる
青い空をもう望めない部屋の隅に
いつまでか屍を晒そうなら
なにを怨めばいい
小さな花弁が神経のように震え
清潔な色合いは脅える
ああ　残酷なのは天の悪戯に
かすみそうの最期の溜息が

今　吐かれようとしている

桜の城址

まず　私の目を奪った
力の有りっ丈を
あの花弁に込めた桜に
苔の石垣の緑
長閑な春がそこにはあったのに
重なる石垣に地下より
神経の蔦が蔓延り
時を支える根と根
と根
失望の列車から
けぶる桜と

雲上にある堅固な城
ひとひらの　頬に降りたり　古都の春
城跡に包む　思いの桜

切迫

とある病室に
白い天井を見ている
消毒薬の匂いに染み着いた空間が
横臥したわたしを押し付ける
胸苦しさが肉体に爪をかける
掻き毟られるこころ
掛時計の針の刻む音
静寂のなかで追い詰められる
やはり貧弱なこころ

隣の病室の彼は

昨日死んだ
あどけない顔のまま

睫が切迫した時間と神経に怯え
白い天井を闇に染めてくる
　歪める

思いのままに

振り返って

やはり暗い。振り返ってみて確信した。限られた語彙、そして同じような暗い意味をもつ単語が並んでいる。日常では一般の人たちと同じように普通だと思う生活を送っている。しかし、言葉を綴っていくと、その断片には心の底に潜んでいた想いのみが表出されるようである。それが私である。現実とその時の感情と心の奥底の矛盾との中で生きている。どれが真の自分であるのかさえわからない。総てひっくるめての自分である。

春の桜の花に美しさと儚さを思い、夏の向日葵から元気をもらい、秋の紅葉には移ろいと爽やかさ、そして雪に清純と潔癖を思う。それだけではない。美しいがゆえに、爽やかであるがゆえに、何かがある。感覚がそう訴えてくる。まだ、しっかりと捉えることはできていないが、言葉の端々にそれに似た何かを発せさせる。思い違いかもしれないし、私の単なる錯覚かもしれない。例え、そうであるにしろ、今は思いのままに言葉を綴る。それが私の生きている証であり、生きていた証である。

片づけ

整理整頓がどうも苦手である。身の回りは雑然としている。しかし、どこに何があるかは、概ね分かっている。ここには日ごろ使っている筆記用具がある。そこにはこれから使う書類がある。あそこにあの本がある。と、いった具合で、不自由はしていないが、最近、捜さなければならないことが増えてきた。片付けができないのは性分かもしれないが、どうしようもない。断捨離という言葉が流行った。もったいないではないが、何れ使うであろうと、二度と使うことのない物まで残してある。よって、家の中を二度と使うことのない物が我が物顔に占領している。私はそれらの隙間にて趣味に没頭し、肘が当たれば本の山が崩れる。どおってことない、また、本を積めばよいのだが、それをしない。ますます、散らかる。その中で私は生きている。しばらく、或いはずっとこの整理されない環境で生きていくのかもしれない。

自然を愛でる

私自身が自然のささやかなひとつである。悠久の時間と壮大な空間の中で、私の存在は自然の木っ端にも劣るが、確かにここに存在し、自然のひとつである。私の周りの自然は美しい。春夏秋冬、いずれの季節にも趣がある。それぞれの「今が盛り」は言うまでもないが、その前、その後にもこれまでにも語られているように感慨深いものがある。盛りの草木が私を憂鬱にさせることがある。桜の花の散る様を美しい、儚いと思えない。煩い、鬱陶しいと感じる。ちょうどお笑い番組が悲しみを誘うように、メロドラマが笑いを誘うように、心のどこかで素直な感情を拒絶する。それも、自然のなせる業であろうか。それにしても自然が自然の私を包む。

雑草

家の周りの雑草を毟っている。

単なる不精であるのだが、これまで仕事が忙しい、仕事で疲れたことを理由に庭の手入れをしていない。雑草が我が物顔で蔓延っている。あまりの状況に手を付けることに躊躇した。躊躇したまま何日かが過ぎた。春の雨が降り、ますます大変なことになっていた。このまま放っておけば、種子が爆ぜたり、綿となって風に乗ったり、あちらこちらの近所迷惑になる。勢いをつけるために朝から酒を口にして、草むしりに取り掛かった。

草を抜くごとに春の土の匂いがする。日差しはこの作業に気持ちよいほどである。抜いた草はプラスチック製の箕に捨て、そして大きなビニール袋にまとめる。丈の長い草は二つに、三つに折って捨てなければならない。大きなビニール袋が八つほどになろうとしている。朝から始めた作業も昼を過ぎている。雑草の青臭さと土の匂いが私に染みつき、気怠さを感じさせる。ビニール袋に入れられた草は吐息を吐いて袋を曇らせている。

私は立ち上がり腰を叩いた。ビニール袋は明日のごみの日に出される運命にある。これらの草にもそれぞれ名前があるはずだが、私はそれを知らない。雑草と言われながらも執着をもって生きてきた草たちである。

庭の手入れはまだまだ先が見えないが、さて、今日はここまでにしよう。

ふるさと

ふるさとへの思いは一人ひとりにあるであろう。なつかしさ、憎しみ、ふるさとへのそれぞれの思い。生まれ育ち、今なお、その地で生活をしている者は幸せなのかもしれない。ふるさとを離れられなかった理由もあろうが、今、そこで生活者としていることだけでも幸せである。

私はふるさとからそれほど遠くない地に、複数回にわたり、それぞれの理由で引っ越しをしてきた。それも悪くはない。その地その地において楽しみがあり、生きてきた。時々ではあるが、生まれ育った地を思い出すことがある。儚く、もろい思い出であり、思い出したからといっても、なにをするでもない。時折、思い出したように若干遠回りをして、ふるさとの家の前を通ったことがあるだけである。ふるさとが遠ければそれもできない。そのことにおいて私は幸せかもしれない。

しかし、半世紀以上もたった今となっては、其の地に私が知っているふるさとはない。人も変わった。可愛がってくれたおばちゃんも亡くなったと聞く。

ふるさとに住んでいるのが、ふるさとが近いのが、ふるさとは遥か遠いほうが、良いのか私は知らない。

あとがき

題の『安濃津』について

朝と夕べは特別な時間のような気がする。朝日と夕日は一日の始まりと終わり、そこに特別な何かが存在する気がしてならない。

さて、題の「安濃津」は「あのつ」とも「あのうつ」とも読まれている。安濃津で生まれ、育った地域であり、とりわけ思い入れがある。その地において様々なことを経験し、考え、感じて、生きてきた。見て、聴いて、触れ、感じてきた。否、五感だけではなく、それ以外の感覚を得て、言葉が生まれ、流れてきたような気がする。いずれにせよ、言葉として発した限りは、そこにひとつの思い入れがあり、心がある。私はそれを大切にしていきたい。

子どもがあやとりをするように選び、繋ぎ合わせ、編んで、なるべくその時の心にぴったりとくるよう言葉を綴ってきた。推敲とまでは言えないまでも後になっていくらか考え、改めたものもある。しかし、最初に浮かんだ言葉がどうも適しているように感じることが多かった。最初に思い付いた言葉が率直で素直な言葉であるのかもしれない。その道に秀でている人を除き、とやかく考え、技巧に目を向けているだけでは本当の気持ちが言い表せないこともあろう。

私は「あかき　きよき　なおき」心と言葉を常に大切にしたい。これまでの言葉を振り返ってみて、私はまだまだ狂気に触れられず、幻覚も幻聴もないようである。一方、現実生活では多くの人たちにお世話になった。支えていただいた。ひとりでは生きることなどできなかった。これが現実である。そして、今後、意識がここにあるうちは私としての片言を残すつもりである。

なお、目次に差し挟んだイラストは亡父が趣味でしていた伊勢型紙を使用した。様々なデザインのなかでも「竹」を好んでいたようである。イラストを敢えて分割したのは、こころの異なるひとつひとつを、そして、それが纏まってひとつとなることを表現したとご理解いただければ幸いである。

結びに、この『安濃津』出版にご協力をいただいた関係者の方々に感謝いたしたい。

竹内　均

竹内 均 たけうち ひとし

昭和三十三年、三重県津市生まれ。
三重県立四日市工業高等学校　国語教諭十二年、三重県立白子高等学校　国語教諭十四年、三重県立神戸高等学校　定時制教頭四年、三重県立朝明高等学校　校長四年、三重県立四日市工業高等学校　校長四年　を経て、文筆活動。

安濃津《あのつ》 私選《しせん》 片言集《かたことしゅう》

二〇一九年九月二五日　第一刷発行

著　者　竹内《たけうち》 均《ひとし》
発行者　堺 公江
発行所　株式会社講談社エディトリアル
郵便番号　一一二-〇〇一三
東京都文京区音羽　一-一七-一八　護国寺ＳＩＡビル六階
電話　代表：〇三-五三一九-二一七一
販売：〇三-六九〇二-一〇二二
印刷・製本　豊国印刷株式会社

ISBN978-4-86677-043-7